HENRY LLEVA LA CUENTA

Escrito por Daphne Skinner
Ilustrado por Page Eastburn O'Rourke
Adaptación al español por Alma B. Ramírez

Kane Press, Inc.
New York

Book Design/Art Direction: Roberta Pressel

Library of Congress Cataloging-in-Publication Data

Skinner, Daphne.
    [Henry keeps score. Spanish]
    Henry lleva la cuenta / escrito por Daphne Skinner ; Ilustrado por
    Page Eastburn O'Rourke.
    p. cm.
    Summary: Henry wants to make sure that his older sister Harriet
    never gets more of anything than he does so he carefully keeps score
    until Harriet gets a cavity and he gets none and Henry discovers that
    sometimes zero is better than one.
    ISBN: 978-1-57565-250-4 (alk. paper)
    [1. Brothers and sisters--Fiction. 2. Sibling rivalry--Fiction. 3. Mathematics--Fiction.
    4. Spanish language materials.] I. O'Rourke, Page Eastburn, ill. II. Ramirez, Alma.
    III. Title.
    PZ73.S6277 2007
    [E]--dc22

                                     2006102074
                                          CIP
                                        AC

10 9 8 7 6 5 4 3 2

First published in the United States of America in 2001 by Kane Press, Inc.
Printed in Hong Kong.
GWP 0710

MATH MATTERS is a registered trademark of Kane Press, Inc.

www.kanepress.com

—¡Harriet! ¡Henry! —gritó la Sra. Hedges—. Ya es de mañana. ¡Es hora de levantarse!

Harriet se dio la vuelta en la cama y bostezó.

—Cinco minutos más, mamá —dijo—. ¿Está bien?

—Bueno, dormilona —dijo la Sra. Hedges.

Henry abrió los ojos de par en par. —Si a ella le dan cinco minutos, entonces a mí me tocan cinco minutos —dijo y se acurrucó debajo de las cobijas.

—No más de cinco, o no tendrán tiempo para desayunar —dijo la Sra. Hedges.

HARRIET 5   HENRY 5

Cinco minutos después, Harriet sintió un
olor delicioso. Henry, también. Se
apresuraron a bajar los escalones. —Mmmm
—dijo Harriet—. ¡Panqueques! —y se sirvió
cuatro.

—¡Mamá! —dijo Henry—. A Harriet le
tocaron cuatro panqueques. Yo sólo me
quedé con tres. ¡Harriet tiene más que yo!

—¿Tres no son suficientes para ti?
—preguntó la Sra. Hedges.

—¡Si a ella le tocan cuatro, entonces a mí me tocan cuatro! —dijo Henry.

La Sra. Hedges le dio uno más.

—Mmm —dijo Henry porque tenía la boca llena.

HARRIET 4   HENRY 4

Después de la escuela, Harriet le
dio de comer al perro, y Henry le dio
de comer al gato.

Harriet limpió la jaula de los
pájaros. Henry sacó la basura.

Harriet recogió todos sus juguetes.
Henry puso sus calcetines sucios en el
cesto.

"Harriet hace tres tareas y yo hago
tres tareas," pensó Henry. "Bueno."

HARRIET 3   HENRY 3

Cuando acabaron, la Sra. Hedges les preguntó qué querían merendar.

—Un vaso de leche con tres galletas, por favor —dijo Harriet.

—Un vaso de leche con diez galletas, por favor—dijo Henry.

—¡Diez galletas! —dijo Harriet—. Eso
es demasiado.

—Puedes comer tres —dijo la Sra.
Hedges—. Igual que Harriet.

—Está bien —dijo Henry.

HARRIET 3   HENRY 3

Esa noche, Harriet tuvo una fiesta de pijamas. Judy, Stephanie, Megan y Wendy se quedaron a dormir.

Se divirtieron de lo lindo.

—Yo también quiero tener una fiesta de pijamas —dijo Henry.

—Bien —dijo la Sra. Hedges—. ¿A quiénes quieres invitar?

—A Owen, Luke y Ted —dijo Henry, contando en sus dedos—. Y, y a tío Ray.

—¿A tío Ray? —preguntó la Sra. Hedges—. ¿No crees que es un poco mayor para asistir a una fiesta de pijamas?

—Harriet invitó a cuatro personas
—dijo Henry—. ¡Si ella tuvo cuatro
invitados, a mí me tocan cuatro!

—Está bien, Henry —dijo la Sra.
Hedges.

HARRIET 4   HENRY 4

Owen, Luke, Ted y el tío Ray asistieron
a la fiesta de pijamas de Henry.

Se divirtieron de lo lindo.

Al día siguiente, la familia Hedges fue de compras. Empezaron en la librería.

Harriet compró un libro.

Y Henry compró otro libro.

HARRIET 1   HENRY 1

Luego, fueron a una tienda de ropa.
Harriet escogió un suéter, un vestido y
un sombrero.

Henry compró un suéter y una camiseta.

—Yo quiero una gorra también —dijo.

—Ya tienes una —dijo el Sr. Hedges.

—Y no necesitas otra —dijo la Sra. Hedges.

—Harriet escogió tres cosas —dijo Henry.
¡Si a ella le tocan tres, a mí me tocan tres!

—Hoy, no —dijeron sus padres.

—¡Mmm! —dijo Henry—. ¡Eso no es
justo!

HARRIET 3   HENRY 2

21

Esa noche, Harriet llamó a una amiga por teléfono.

—Yo también quiero hacer una llamada —dijo Henry.

—¿A quién te gustaría llamar? —preguntó la Sra. Hedges.

Henry lo pensó. —¡Oh, a Papá Noel! —dijo.

—Papá Noel está de vacaciones, Henry —dijo la Sra. Hedges—. Le escribiremos en diciembre.

—Entonces, llamaré a
la abuela —dijo Henry.
—Esa es una buena
idea —dijo la Sra. Hedges.
Marcó el número.

—Harriet hizo una
llamada por teléfono,
así que yo también
hago una llamada —le
dijo Henry a su abuela—.
Me toca hacer el mismo
número de llamadas que
a ella.
—Me dió mucho gusto que
me llamaras —le dijo su
abuela.

HARRIET 1   HENRY 1

Al día siguiente, Harriet y Henry
fueron a ver al Dr. Cary, su dentista.
El Dr. Cary se demoró mucho tiempo
con Harriet.

Cuando Harriet salió, dijo: —Tenía
una caries.

Henry tragó saliva. —¿Una caries?
—dijo—. ¿Tenías una caries?

—Sí —dijo Harriet—. Es tu turno.

El Dr. Cary revisó cada uno de los dientes de Henry. Tardó mucho tiempo, y Henry estaba nervioso.

Finalmente, el Dr. Cary le tocó el hombro. —¡Muy bien! —dijo—. Ni una sola caries.

—No tengo caries —les dijo Henry a Harriet y a la Sra. Hedges.

—Tienes suerte —dijo Harriet.

—Lo sé —dijo Henry.

HARRIET 1   HENRY 0

Esa noche, su mamá le dijo a Henry:

—Fuiste muy valiente con el dentista hoy.

—¡Harriet tenía una caries! —dijo Henry.

—¿Deseas tener una caries, también? —preguntó la Sra. Hedges—. ¿Igual que Harriet?

—¡NO! —dijo Henry—. ¡No, no, no!

—Sólo quería asegurarme —dijo su mamá, dándole un beso de buenas noches.

Entonces la Sra. Hedges fue a arropar a
Harriet en su cama. —Fuiste muy valiente
con el dentista hoy —dijo.

—Gracias, mami —dijo Harriet.

La Sra. Hedges le dió un beso de buenas
noches.

—¿Me puedes dar otro beso?
—preguntó Harriet.

—¿Qué piensas tú, Henry? —preguntó
la Sra. Hedges.

Henry pensó en Harriet y su caries.

—Sí —dijo—. Sí puedes.

Y la Sra. Hedges le dió otro beso a Harriet.

HARRIET 2   HENRY 1

GRÁFICA DE LAS COMPARACIONES

 Henry tiene 4 flores.  **4 flores**

 Harriet tiene una flor menos que Henry.  **3 flores**

 Owen tiene el mismo número de flores que Henry.  **4 flores**

 El tío Ray tiene una flor más que Henry.  **5 flores**

 Judy no tiene ninguna flor.  **0 flores**